UNE MINIMARE DE SANG

—

Chemin de la Poudrette, les voisins restent figés. Alain souhaitait leur montrer la forêt à couleuvres derrière chez lui, un bosquet de chênes et de ronces qu'on dit truffé de serpents. C'est là, à la place des arbres, que doit pousser le futur lotissement. La ville va manger le dernier quartier champêtre de Montauban, soixante mille habitants, chef-lieu du Tarn-et-Garonne. Une trentaine de riverains ont manifesté devant la mairie, ce samedi 4 juin 2022, dans la matinée, pour attirer l'attention sur le saccage environnemental de leur cocon jusque-là préservé. Une dizaine se sont retrouvés sur le chemin, dans l'après-midi, affairés à dessiner une carte des futurs travaux. Pour ce qui est de suivre Alain dans le bosquet aux serpents, ils ne sont plus que trois. Mais ce n'est pas à cause des reptiles.

Un grand-père à t-shirt blanc brandit la menace des tiques et des aoûtats, ces acariens qui creusent des galeries sous la peau et donnent envie de se gratter. Il sait aussi qu'à travers bois *« il »* risque d'attaquer… *« Il »* fait mal cette année… *« Il »* ne respecte plus aucune règle. Et des gaillards coriaces, séchés à l'air du Sud-Ouest, qui retournent leur jardin depuis quarante ans et égorgent eux-mêmes leurs poulets, de se mettre à parler d'une planète hostile. De ce bosquet d'Occitanie comme de la jungle de Guyane. Avant de rebrousser chemin.

« Il » risque d'attaquer… « Il » fait mal cette année… « Il » ne respecte plus aucune règle.

À la lumière de ce que cette enquête a permis de démontrer, comment leur donner tort ?

L'agression tant redoutée se produit entre 16 h 30 et 17 heures. Dans l'allée de la maison d'Alain qui ramène les visiteurs au portail, sous un pin parasol de grande classe, entre une haie de bambous et le seuil gardé par une cigale verte en faïence provençale. La scène dure moins de cinq secondes. Assaut, pompage, écrasement compris.

Valérie, la voisine d'en face, cheveux noirs tirés en arrière et lunettes de soleil, avait pourtant décliné la balade au fond des bois ; il n'empêche : elle vient de se faire attaquer. Par traîtrise. À l'épaule gauche. L'assassin a des ailes blanches. Ses gestes sont méthodiques et professionnels. Mais il a commis une erreur lourde de conséquences : il n'a pas anticipé la réaction de légitime défense.

À présent, le spécimen glisse mollement le long de la peau de Valérie, chute et disparaît entre les graviers. Sur l'épaule de la victime tremblote une minimare de sang.

PREMIERS INDICES

—

Voilà, sous microscope, un crime parfait. Crime ordinaire, eu égard à la saison sèche et chaude entrecoupée d'orages. L'attaque n'en demeure pas moins sanglante, perpétrée devant quatre ou cinq témoins, charriant son lot de questions et d'inquiétudes. Juste avant que l'insecte ne tombe entre les cailloux, Alain a eu le temps de dire : « *C'est le type de moustique dont je vous parlais… Ils sont voraces cet été.* » Nadine, infirmière hospitalière à la retraite, cherche à détendre l'ambiance : « *Avant, on parlait des moustiques de Camargue. Maintenant, il y a les moustiques de Montauban.* »

Sur la peau de Valérie, quelques secondes avant que le cadavre ne tombe, le groupe a entrevu une boulette noire, grasse, luisante. Les six pattes et les ailes fripées, la trompe ballante, le ventre gourmand donnaient à l'animal une envergure supérieure à la moyenne de ses pairs. Le fait est confirmé : il ne s'agit pas d'un *culiseta*, une variété des marais, reconnaissable à sa couleur verte, ni d'un *Aedes albopictus*, un moustique dit « tigre », repérable à ses rayures, qui sévit depuis 2015 dans la région avec une férocité particulière, et qui a commencé à provoquer une crise de nerfs généralisée dans une bonne partie du pays. Ses méthodes de chasse sont d'un genre nouveau : ce « nuisant » ne frappe plus seulement le soir, mais toute la journée ; il n'attend plus le printemps mais charge de la fin février jusqu'au mois de novembre ; il ne buzze plus pour prévenir de ses méfaits. Pire : il chasse en rase-mottes, dirigeant son attaque vers les talons et les mollets. Et provoque parfois des réactions allergiques. Les habitants ont beau faire des stocks de serpentins insecticides, qui s'accrochent à la table du jardin, et de moustiquaires Ikea, à suspendre aux portes et fenêtres, ils ont l'impression que rien ne les protège.

Les voisins craignent que l'agresseur de Valérie ne soit un moustique étranger, qui ferait presque regretter les moustiques autochtones. À moins que cette espèce ait vécu auparavant dans les parages, sans se faire remarquer. Pourvu que ce ne soit pas une de ces variétés jusque-là inconnues, plus résistantes, un second « tigre »... Ce serait la catastrophe. La troisième des dix plaies d'Égypte qui s'abattrait sur cette commune de la vallée de la Garonne. Un fléau biblique. *« Toute la poussière de la terre fut changée en moustiques »*, dit l'Exode.

Car il en va de déjeuners annulés sur la terrasse, de parties de ballon écourtées, de baignades sans bronzette, bref d'un mode de vie menacé. Jardin, soleil, piscine : quel intérêt désormais ? Le maudit insecte a tout gâché et le voisinage attend des réponses. L'enquête débute donc ce samedi 4 juin 2022 sitôt après l'attaque, pour identifier cette catégorie de moustique qui sévit à Montauban, et certainement dans d'autres régions. Il s'agit d'expliquer pourquoi Valérie a été prise pour cible plutôt qu'un autre riverain et comprendre cette prolifération de diptères, ces insectes à deux paires d'ailes, hématophages de surcroît – qui se nourrissent du sang d'autres animaux vivants.

De précieux indices ont disparu, à commencer par le corps de l'assaillant, qu'on a eu le temps de visualiser, mais pas d'autopsier dans les règles de l'art. D'autres éléments clignotent sous nos yeux, qu'il faut patiemment rassembler, recouper avec

« Toute la poussière
de la terre fut changée
en moustiques »,
dit l'Exode.

des témoignages, compléter avec la parole des scientifiques qui dédient leur vie aux moustiques.

Pour une fois, l'enquêteur est aussi l'un des témoins principaux de la scène, ce qui fait gagner du temps dans la collecte de certaines informations. L'heure ? Facile, c'était aux alentours de 16 h 45, qui n'est pas le pic d'attaques habituel puisque, comme l'a indiqué Margot, ancienne gérante de magasin bio, qui habite à l'angle, *« les moustiques sortent à l'heure de l'apéro »*. La victime : Valérie, voisine discrète, 52 ans, institutrice, célibataire. Elle s'est éloignée cinq minutes après la piqûre. Il faudra l'interroger.

Parmi les premières certitudes de l'enquête figure le mode opératoire. La méthodologie d'un « repas sanguin », commune à tous les moustiques, est consignée par les entomologistes depuis plus de deux siècles. Sitôt posé sur la peau de sa victime, l'animal déplie sa trompe. En réalité, un étui qui contient six stylets différents, comme les lames d'un minuscule couteau suisse. Les deux maxilles, longues scies avec chacune une dizaine de dents, perforent l'épiderme, le derme et la paroi du vaisseau sanguin. Les deux mandibules permettent de tenir la microplaie ouverte, à la manière d'une pince, pour laisser passer la trompe très souple, le labre.

Les globules rouges transitent par le conduit alimentaire, comme des grains de framboise à travers une paille – le conduit est large comme un globule et demi. Sixième et dernier instrument activé : le canal qui injecte la salive dans la plaie, pour maintenir le sang fluide, l'empêcher de coaguler. L'aspiration est rapide, puissante, machinale. Dès qu'il a entrepris de pomper le sang, le moustique ne peut plus s'arrêter. Quitte à se faire exploser l'abdomen.

On a quelque idée du mobile principal : extraire de ce sang humain les protéines nécessaires à la fécondation des œufs. Seules les femelles piquent, tandis que les mâles se gorgent de sucre, nectar de fleurs et de fruits. L'assaillant est donc une assaillante. Mais son profil reste inconnu, comme son mode de vie. Mystérieuse aussi la cachette d'où il est sorti pour pratiquer sa piqûre et, en remontant dans le temps, son lieu d'origine ainsi que les motifs de sa prolifération. Des informations capitales pour prévenir de nouvelles attaques.

La scène du crime se situe dans un des jardins de la partie nord du chemin de la Poudrette, une voie agricole longue et étroite qui ne compte qu'une demi-douzaine d'habitations à cette extrémité-là de la route. Parmi les habitants, une majorité de retraités désormais. Le chemin est tourneboulé par la zone d'aménagement concerté sur 401 hectares – la ZAC de Bas Pays –, en cours de construction, qui prévoit des services et des commerces, de nouvelles routes et des bassins pour les eaux de pluie, et surtout des logements pour dix mille à douze mille personnes, réparties dans des résidences de trois à quatre étages, qui devraient répéter la même architecture fonctionnelle par centaines d'unités. La mairie et les promoteurs parlent de *« mixité »*. Il s'agira surtout de logement social. Ce nouveau quartier, organisé autour du chemin de la Poudrette, par des voies d'accès perpendiculaires, aura avant tout le charme de la nature alentour. S'il reste assez d'arbres à l'horizon.

UNE CAMPAGNE AU-DESSUS DE TOUT SOUPÇON

—

La première piste nous est livrée clé en main par Jean-Paul, l'ancien policier municipal. Même à la retraite, l'homme aime travailler ses dossiers. Il n'a pas assisté à l'attaque mais il a une théorie sur la recrudescence des moustiques dans la zone. « *Ici, c'est un pays d'eau*, explique-t-il. *Le quartier s'appelle "Bas Pays", vous comprenez pourquoi ? Nous ne sommes pas en zone inondable, contrairement aux quartiers en bord de Tarn, mais le père Ventrou m'a certifié qu'il lui est déjà arrivé de remonter le chemin sur une barque, tellement il y avait d'eau. C'était avant que je m'installe, en 1985, je n'ai jamais pu le vérifier, mais avec toute cette humidité, il ne faut pas s'étonner que nous soyons envahis.* »

Les plus âgés attestent que la zone s’étend sur d’anciens marécages à l’ouest de Montauban : le biotope dans lequel cohabitent le moustique et l’homme depuis la Préhistoire. L’affaire n’est pourtant pas si simple. Sinon, pourquoi les attaques auraient-elles augmenté alors que les marais ont été asséchés et transformés en maisons ?

Il y a quelques mystères, en effet, au sujet du chemin de la Poudrette, à commencer par son nom. Le dictionnaire toponymique de la commune en perd son latin, ne sachant pas si l’appellation se

Les plus âgés attestent que la zone s’étend sur d’anciens marécages.

réfère à une éventuelle fabrique de poudre ou à la nature du sol qui, pourtant, n'est pas réputé produire de la poussière. L'ouvrage écarte la deuxième piste, admettant que le terrain est du genre humide, justement. D'ailleurs, il suffit de balayer l'environnement du regard pour comprendre que les diptères sont ici chez eux. Que ce soit dans les fossés d'écoulement, dans la végétation qui retient les gouttes de pluie, ou même sur les berges du Nagosaoumos, le ruisseau qui coule au fond du bois de la Poudrette, parallèle au chemin, pour se jeter dans le Grand Mortarieu, lui-même affluent de l'Aveyron, du Tarn puis de la Garonne. Le nom du cours d'eau en occitan signifie *« là où vont les ânes »*, non que les animaux de ferme y soient venus se désaltérer mais parce que, selon une légende, c'est là que les catholiques jetaient les bibles impies des protestants, ces derniers étant qualifiés d'*« ânes »* par leurs ennemis.

La Poudrette a hérité d'une autre légende de l'époque des huguenots. À partir de 1561, Montauban constituait une place forte pour les fidèles qui étaient pourchassés presque partout ailleurs en France. La rumeur veut que, cinq cents ans plus tard, des tombes protestantes aient été découvertes à Bas Pays. Les habitants qui exhumaient un fémur pendant les travaux de leur maison n'auraient jamais rien déclaré aux autorités et rebouché les fosses à la hâte. Jean-Paul a longtemps cru à cette histoire mais son voisin ancien douanier l'a récemment détrompé : il existe bien un lieu de sépulture du XVIe siècle, mais un peu plus loin sur le chemin, et pas dans le jardin d'un particulier.

Jean-Paul a acheté et bâti dès que les paysans ont commencé à vendre les premières parcelles ici. Il était policier le jour et construisait son logis le week-end et pendant les vacances, avec l'aide de sa femme, comptable de métier, conseillé par son oncle électricien, histoire de ne commettre aucune erreur de circuits et branchements. *« À l'époque, un ouvrier qui avait la gnaque pouvait se payer le terrain et bâtir en une année. »* Les voisins ont suivi ce principe, montant leur pavillon de leurs mains. La plupart venaient de ce que la statistique désigne comme la « classe moyenne ». Des employés du centre hospitalier – distant de cinq minutes en voiture –, telles Nadine et Régine, qui ressemblent à deux fausses jumelles lorsqu'elles font leur promenade l'après-midi. Éventuellement des militaires en activité – la caserne du 17e régiment de génie parachutiste se situe à un peu plus de deux kilomètres elle aussi.

Une dizaine de maisons ont vu le jour à la même époque, à la charnière des années 1970 et 1980 et dans la décennie suivante. Elles sont différentes dans leur architecture, mais toutes coquettes, le crépi lisse et les huisseries repassées à la lasure tous les cinq ans, plus souvent que l'asphalte du chemin agricole, qui n'a été rapiécé par les services municipaux que deux fois en quarante ans. *« Je me suis installé ici parce qu'il y avait la tranquillité de la campagne,* se souvient Jean-Paul. *On vivait presque au milieu des bois. Vous avez vu ce qu'il en reste… On détruit la nature parce qu'il faut bien loger tout le monde. Je peux comprendre. Le lieu est agréable à vivre. »* Si seulement il était possible de manger en extérieur… Au moment des repas, l'ancien policier est obligé d'installer des ventilateurs sous sa table de jardin. Pour *« casser les ailes »* aux intrus. Le remède ne fonctionne qu'à moitié. Jean-Paul a abandonné les siestes sur la chaise longue.

PANIQUE AU MOUSTIQUE

—

Le service communal d'hygiène et de santé de la mairie de Montauban enregistre trois plaintes par semaine au sujet des moustiques. Chaque année, près de cent cinquante administrés sur soixante mille prennent le temps de téléphoner, d'écrire ou de laisser un message sur l'application de la ville pour les smartphones. Voilà qui commence à faire. Une expression revient : les moustiques *« pourrissent la vie »* des intéressés. La majorité des doléances émanent du secteur de l'hippodrome, à deux cents mètres de la Poudrette à vol d'insecte. Mais, en réalité, c'est tout Montauban qui est dans le viseur. Les moustiques se bâfrent du nord au sud. La mairie le sait bien puisque à chaque fois qu'elle poste un message sur Facebook, pour dire qu'elle est consciente du problème et rappeler qu'il faut vider les coupelles d'eau chez soi, elle voit affluer entre cinquante et cent réponses, alarmantes ou alarmistes. *« Merci de venir traiter à Fonneuve. » « À Ramier, c'est insupportable. » « Chemin X ou Y, on ne peut plus sortir de chez nous. »* Certains menacent de déménager.

Parmi les zones les plus exposées, on retrouve celles qui furent ravagées par les crues du Tarn de 1930, le quartier de Villebourbon près de la gare, et celui de Sapiac, proche du stade de l'USM, le club de rugby de la ville. On dit d'ailleurs que les joueurs se font picorer mais qu'ils ne sentent plus rien dans le feu des mêlées. Les moustiques s'en prennent tout autant aux pêcheurs de Port-Canal qu'aux boulistes du cours Foucault. Ils sévissent dans les HLM de la Chaume comme dans les villas sur les collines du Fau. Malgré sa situation en surplomb du Tarn, le centre-ville n'est pas épargné, entre le musée Ingres et le Théâtre Olympe-de-Gouges – les deux enfants chéris de la ville –, et le visiteur se fait pomper le sang pépère dans ces jolies venelles ou les patios des hôtels particuliers, sous le regard des façades dentelées de briques, qui, l'été, chauffent l'air comme un four à pizza.

Un verre en terrasse dans la plus grande brasserie de l'allée de l'Empereur et il faut affronter un alignement de chasseurs F16 sur la vitrine, prêts au décollage – à se demander si le badaud vient pour manger ou se faire manger. Un concert sur les pelouses du jardin des plantes, lors du festival Montauban en scène ? Les vingt mille spectateurs qui se bousculent fin juin ressortent bras et talons comme des fraises, de même que les artistes – peut-être faudra-t-il poser une plaque commémorative « Ici ont été piqués Véronique Sanson, Calogero et Eddy de Pretto » ?

En réaction, la mairie hésite dans sa communication. D'un côté, la maire, Brigitte Barèges, élue pour la première fois en 2001, soigne l'image d'une *« ville où il fait bon vivre »*, cherchant à attirer *« les cadres d'Airbus »*, dont l'usine se trouve à trois quarts d'heure d'autoroute. Cette figure locale des républicains ne manque pas une occasion de détailler son plan antimoustique, pour montrer sa volonté de faire bon accueil. Mais, d'un autre côté, si la mairie donne une trop grande publicité au problème, elle risque d'effrayer cette même population convoitée. Gérard Catala, adjoint au maire en charge de ce dossier, minimise à l'extrême : *« Nous n'avons pas plus de moustiques qu'ailleurs… »*

Peut-être faudra-t-il poser une plaque commémorative « Ici ont été piqués Véronique Sanson, Calogero et Eddy de Pretto » ?

Il est vrai que chaque recoin du Sud-Ouest est dévoré, sous une ligne reliant Bordeaux à Narbonne. Sans oublier le littoral méditerranéen, et son paradis du moustique, la Camargue. L'été 2022, la station balnéaire du Grau-du-Roi a eu les honneurs de la presse, en raison de ses touristes harcelés du matin au soir… En Charente et en Vendée, ça pique itou, de même qu'aux abords des lacs de Savoie et de Haute-Savoie ou, à un degré moindre, en région parisienne. D'une zone à l'autre, les témoignages se répètent : les agressions sont exponentielles, les terrasses deviennent hostiles, le désarroi se répand.

À Montauban, la préoccupation est antique. Pendant les Trente Glorieuses, des farceurs avaient posé un panneau à l'entrée de la ville : « Montauban, ses monuments, ses moustiques, ses mauvaises langues ». Or les plus âgés estiment qu'ils sont beaucoup plus piqués qu'avant. Serait-ce une affaire de perception, dans la veine du fameux *« sentiment d'insécurité »* ? Comment expliquer alors que de nombreux habitants arrivent à dater précisément le moment où ils ont dû renoncer à profiter de leurs espaces en extérieur ? Aux alentours de 2020, soutiennent-ils, tandis que le service d'hygiène de la mairie enregistre, au contraire, un recul du nombre de plaintes au même moment.

Cette année-là, en revanche, une inquiétude grandissante s'est exprimée dans les courriers envoyés à la mairie : les Montalbanais ont craint que les moustiques puissent transmettre des virus ou des parasites comme dans les pays tropicaux et les territoires d'outre-mer. Au plus fort de la pandémie de Covid, les agents municipaux ont dû répondre que, non, le coronavirus, qui se diffuse par voie respiratoire, ne peut pas voyager via des gouttes de sang promenées par un moustique. Mais que, oui, ces insectes sont susceptibles de diffuser des maladies virales, les arboviroses.

La plus célèbre, le paludisme, disparue de métropole depuis les années 1960, y a connu un léger regain en 2019. Le nombre de cas enregistrés cette année-là s'élevait à 2 595, presque tous *« importés »*, c'est-à-dire que les personnes malades avaient contracté le parasite hors du pays. Sauf quatre, ce qui reste faible mais préoccupant : ces cas dits « autochtones » résultaient d'une contamination en métropole, à l'hôpital par le biais d'une transfusion sanguine, et via la piqûre d'un moustique – à proximité d'un aéroport ou ailleurs. Au total, dix personnes sont mortes du paludisme en France métropolitaine en 2019.

Aujourd'hui, les autorités sanitaires redoutent que certaines de ces maladies se propagent dans une grande ville de l'Hexagone. À lui seul, le moustique-tigre est capable d'en convoyer vingt. Comme le chikungunya, signalé depuis 2010 en métropole, encore peu répandu mais dangereux, notamment pour les fœtus. En 2019, le virus Zika, à l'origine de fièvre et de fatigue, a touché trois patients dans le même quartier de Hyères, dans le Var : les voisins se sont contaminés entre eux par l'entremise d'un moustique. La dengue est la maladie la plus

Des scaphandriers ont débarqué de nuit pour désinsectiser les rues.

virulente transmise par l'insecte. En 2019, on recensait trois cas autochtones dans le département du Rhône et sept dans les Alpes-Maritimes. Cette année-là, Montauban a aussi été touché. Trois personnes ont été atteintes entre mai et octobre, et un début de psychose a germé.

Les riverains ont découvert des affiches sur leur portail. Des scaphandriers ont débarqué de nuit pour désinsectiser les rues. Après enquête, l'agence régionale de santé a écarté le risque d'une contamination autochtone. Les malades avaient été infectés lors de séjours à l'étranger, tel cet électrotechnicien piqué pendant un voyage professionnel à Bombay, en pleine saison des pluies. À son retour en France, il s'est retrouvé plongé dans un état d'épuisement extrême et dit avoir *« failli y laisser [sa] peau »*. Il lui a fallu trois mois pour se rétablir. Ces histoires de dengue ont viré en joute politique : la maire s'en est prise au préfet, exigeant, en vain, que l'ensemble de la commune soit traité, et non seulement les alentours immédiats des logements des personnes malades. La population a commencé à s'affoler. Le nombre de lettres à la mairie a atteint les six cents en quelques semaines. Depuis cet incident, le moustique n'est plus uniquement un gêneur mais un potentiel danger.

VALÉRIE, AU BORD DE L'EXPROPRIATION

—

De son sac en suédine qui forme des franges très douces, Valérie extirpe une fiole de citronnelle de Java. « *J'ai l'impression qu'on a toutes les sortes de moustiques ici*, analyse la jeune quinqua. *Les tigres et puis des petits, plus transparents. Les gros noirs, quand on se les écrase dessus, ils laissent une pastille de sang. On a l'impression qu'ils ont pompé un litre. Leur piqûre fait mal très vite.* » Quelques jours après l'attaque, la victime ne comprend toujours pas comment la minifoudre a pu s'abattre sur son épaule : elle se vaporise d'huiles essentielles dès qu'elle quitte le pas de sa porte. Comme le nuage citronné se dissipe au bout de quinze minutes, il lui faut s'asperger à cadence régulière. Le liquide est un peu gras, il laisse une tache insidieuse sur les vêtements et un reflet sur la peau, mais qu'importe, dit Valérie, c'est la solution la plus naturelle vendue en pharmacie.

L'institutrice a toujours vécu à Montauban, hormis une poignée d'années, quand elle a suivi sa formation et occupé son premier poste, à Toulouse. Elle a grandi dans un autre quartier que celui de la Poudrette, à Port-Canal, près de la gare. Ses parents, aujourd'hui disparus, travaillaient pour deux des principaux employeurs de la ville, son père à l'hôpital où il était instrumentiste au bloc opératoire, sa mère comme couturière à l'usine de parachutes militaires.

Valérie a emménagé à la Poudrette à la fin de l'an 2000, à l'aube de la trentaine. Elle voulait renouer avec les arbres de son adolescence, quand elle passait ses week-ends le long du *« chemin noir »*, sous les frondaisons des chênes : son oncle et sa tante possédaient une bâtisse sur ces anciens marais. Coïncidence, ils furent les premiers propriétaires de ce pavillon où réside aujourd'hui Alain. Ce qui veut dire que Valérie s'est fait agresser sur d'anciennes terres familiales. Même si elle n'a pas côtoyé finalement bien longtemps son oncle et sa tante après s'être installée. Le frère de son père travaillait à la fabrication de cercueils et il a développé une maladie professionnelle grave, provoquée par les colles et les vernis toxiques. Il a dû déménager avec sa femme.

Le chantier de la future zone d'aménagement concerté achève de détruire cette bulle remplie de souvenirs pour Valérie. En particulier le « boulevard urbain », qui est censé croiser le chemin de la Poudrette à angle droit : cette route large de quarante mètres, pistes cyclables et bacs à fleurs compris, longera l'ancienne maison de son oncle et se poursuivra dans son jardin à elle. Valérie le sait depuis le jour où elle a découvert le panneau d'enquête d'utilité publique suspendu à un arbre en 2004 : elle sera tôt ou tard expropriée. Ses voisins, qui ont longtemps vécu dans la terreur que la route vienne tronçonner leur propriété à eux, plaignent cette institutrice et admirent son courage de s'accrocher à ses murs. Elle n'a aucune envie de vivre ailleurs dans la commune. Parfois, elle rêve du Pays basque ou de la Bretagne, mais les prix de l'immobilier la désespèrent.

Dans son combat contre le chantier, Valérie a déjà perdu deux ordinateurs, des milliers d'euros en frais d'avocat, des centaines d'heures de sommeil et sa chatte Nouchka. C'était quelques jours avant l'agression du moustique. Ses trois félins avaient leurs habitudes de l'autre côté de la clôture, dans le bois de la Poudrette. Tapis dans les broussailles, ils se prenaient pour des lions, puis rentraient manger, avant que des hérissons ne découvrent leurs gamelles de croquettes et ne viennent s'y servir. Un matin, des engins de chantier ont surgi, le signal tant redouté que les travaux débutaient. Presque vingt ans après la décision de créer cette ZAC. Les machines n'ont pas seulement mis le terrain à nu, mais réduit les troncs et les branches en gros copeaux. *« Ce sont des broyeurs canadiens. Mon chat, je pense qu'il a fini broyé »*, raconte Valérie.

Un matin, des engins de chantier ont surgi, le signal tant redouté que les travaux débutaient.

De l'autre côté de la haie, sa voisine Margot a, elle aussi, assisté au début de la fin d'un monde, quand elle a vu deux couleuvres faire l'amour sur le toit de sa maison. Leurs queues claquaient sur le zinc brûlant de la gouttière. Les deux serpents s'enlaçaient debout, on aurait dit le symbole de l'ordre des médecins – elle a pris une vidéo de la scène avec son portable. Puis les deux bêtes se sont infiltrées à l'intérieur. Les amants à sang froid se sont lovés sur la mezzanine et ont sifflé mauvais sur Margot qui avait osé s'approcher. *« On a beau dire que la morsure d'une couleuvre ne fait pas plus mal qu'une piqûre d'ortie, j'avais la trouille. »* C'est alors que cette voisine fit le lien avec le hérisson qui avait failli se noyer quelques jours plus tôt dans sa piscine. Les animaux fuyaient le broyage de la forêt.

Valérie en est persuadée : les animaux annoncent les catastrophes.

UN SUSPECT ENVOLÉ

Chez Alain, c'est la maison des voisins et des copains. Depuis 2002 qu'il a acheté cette bâtisse à un étage, à des gens qui ont très brièvement succédé à l'oncle et à la tante de Valérie, sa terrasse a servi des semi-remorques de rosé et la piscine a rafraîchi les enfants du quartier. Avec Chantal, son épouse, le couple s'est d'abord fait repérer comme *« ceux des ânes »*. Rien à voir cette fois avec l'ancienne insulte aux protestants. Les voisins les ont ainsi surnommés en hommage aux deux fiers baudets, nommés Cannabis et Cocaïne, que les nouveaux venus promenaient d'un bout à l'autre du chemin. Ô, non pas que les proprios aient été consommateurs de substances – ils n'étaient pas de la mouvance hippie, précise d'emblée Chantal –, mais le sens de la provocation a pris le dessus chez ce couple de blagueurs, animateurs et organisateurs. Les voisins parfaits.

Quelques jours ont beau être passés depuis l'attaque qui s'est déroulée dans leur allée, Chantal et Alain ne décolèrent pas. Cette piqûre de plus est bien la preuve, dit le mari, qu'il ne se trompait pas et que rôdent chez eux des vampires miniatures. Avec sa carrure des rugbymen solides d'autrefois, il les hait du plus profond de ses fibres. *« À partir d'avril, je balise parce que je sais qu'on entre dans la pleine saison du moustique »*, confie-t-il. Comble de malchance, précise Chantal, il les attire : *« Dans la chambre, si on en a quatre, ils se posent tous sur lui. »* Cette joggeuse nerveuse, cheveux courts argentés, a des nuits paisibles : elle dort aux côtés d'un paratonnerre.

Est-ce parce qu'il a déclaré la guerre aux insectes piqueurs ? Toujours est-il qu'Alain a tenu à faciliter cette enquête. Sur la table de jardin, près de la bouteille de Tropicana, il a soigneusement conservé un corps de gros moustique noir. Copie conforme de celui qui a attaqué Valérie l'après-midi du 4 juin 2022. La dépouille est moins frêle que celle d'autres espèces, qui dégagent une impression de grâce et provoquent un sentiment de pitié. Ici, on peut surtout admirer l'ingénierie de la nature, les ailes brodées d'écailles, les pattes grêles, le labre qui dissimule les six stylets. Le corps est couvert d'un squelette externe, la cuticule, résistant aux radiations nucléaires mais pas à une claque d'être humain. Le reste ne se devine pas à l'œil nu : la sophistication des organes intérieurs, les systèmes respiratoire – avec différentes trachées –, digestif – pharynx, œsophage, estomac, anus –, nerveux – la bête est dotée d'un cerveau à deux cent mille neurones – et circulatoire – une aorte passe dans le dos et les organes baignent dans un sang incolore.

Le spécimen fourni par Alain est une aubaine. Enfin, il est possible d'analyser le cadavre et de le comparer aux planches anatomiques des ouvrages savants. Mais l'impensable se produit : l'enquêteur a honte de prendre une photo. Un courant d'air achève de faire disparaître l'indice.

Un coup de fil s'impose à l'entente interdépartementale pour la démoustication (EID) du littoral méditerranéen. Ce syndicat mixte surveille les populations de diptères hématophages dans la région voisine, entre Narbonne et la Camargue. S'il y a des experts capables de nous aiguiller, c'est bien au sein de cet établissement public. Jean-Claude Mouret, qui coordonne les campagnes de désinsectisation depuis trente ans, hésite.

Le corps est couvert d'un squelette externe, la « cuticule », résistant aux radiations nucléaires mais pas à une claque d'être humain.

L'EID Méditerranée n'opère pas dans le Tarn-et-Garonne. En outre, il ne peut rendre son verdict qu'en présence d'un individu capturé vivant. « *Un œil averti peut repérer le genre de moustique, même si c'est compliqué*, nuance le technicien. *Par contre, la taille ne fournira pas d'indication, car un insecte d'une même espèce peut être plus ou moins gros, comme les êtres humains.* » L'agent de l'EID rappelle qu'il existe quelque soixante-dix variétés en France métropolitaine, réparties en trois principaux genres : les *Aedes*, les *Culex* et les *Anopheles.* La première des trois catégories comprend à la fois des moustiques « des champs » et un habitué des villes. Aux champs, l'*Aedes detritus* est actif entre septembre et mai tandis que l'*Aedes caspius* chasse de mars à octobre. En ville, l'*Aedes albopictus*, le « tigre », est en tournée toute l'année, ou presque. Les *Culex*, en particulier les *Culex pipiens*, sont des insectes ruraux même s'ils agissent de préférence à l'intérieur des maisons – ce sont aussi eux qui peuplent le métro parisien. Quant aux *Anopheles*, qui barbotent dans les systèmes d'irrigation, ils auraient tendance à piquer en plein air, précise Jean-Claude Mouret, quoi que ces données restent théoriques.

On lance un deuxième appel téléphonique à l'Institut Pasteur, à Paris. Son laboratoire abrite différentes espèces sur un site ultraprotégé de 140 mètres carrés. Des sas glacés y sont prévus pour éviter qu'un individu ne s'en échappe. La professeure Anna-Bella Failloux, directrice de l'unité « arbovirus et insectes vecteurs », accepte de répondre sur son temps de vacances. Elle se trouve par le plus grand des hasards près de Montauban, où elle a constaté des attaques particulièrement nombreuses cette année. Là encore, la tâche s'annonce ardue.

Un individu de grande taille ? De couleur noire ? La description est infiniment trop vague. Il aurait fallu lui soumettre l'animal pour autopsie, ou à défaut une photo en haute résolution. Pour commencer, est-on certain qu'il s'agissait d'un moustique, sachant que d'autres insectes volants peuvent pomper du sang, comme la mouche noire, appelée « simulie » ? Si on se fie à nos souvenirs du coupable qui a piqué Valérie, c'est oui. La spécialiste de l'Institut Pasteur suggère alors de s'appuyer sur le lieu du crime, ainsi que sur l'heure. Plutôt la nuit pour les *Anopheles*, même si une récente étude de l'Institut Pasteur menée en République centrafricaine démontre que cette variété peut sévir à l'aube, lorsque les hommes émergent de leurs moustiquaires. Plutôt après le coucher du soleil pour les

Culex, dans la journée pour les *Aedes*. Et à 16h45, alors ?

Un autre moyen de connaître l'espèce du coupable consiste à fouiller la scène dans ses moindres recoins, puisque les moustiques se sont partagé le territoire. Les *Anopheles* ont investi forêts et autres gîtes naturels. Les *Aedes* et les *Culex* aiment les maisons et les appartements. Mais comment faire quand la zone se situe à mi-chemin entre la ville et la campagne ? La professeure Failloux se coupe en huit pour faire avancer l'investigation : « *Pour résumer, j'aime bien dire que l'eau qui entre dans une maison est un gîte idéal à "Aedes", tandis que l'eau qui en sort convient aux "Culex pipiens".* » Au passage, l'entomologiste exclut a priori la présence d'un moustique de genre inconnu. L'assaillant appartient d'après elle à l'une des trois grandes familles répertoriées en France.

Il faut donc suivre cette fragile piste : d'où venait le corps glouton qui s'est attaqué à Valérie ? Quel parcours a-t-il suivi ? En cas de pathologie tropicale répandue par le « tigre », les services de l'État appliquent la règle des 150 mètres : ils tracent un cercle autour du lieu de vie du malade et désinsectisent dans un rayon de 150 mètres, considérant que ce moustique-là ne voyage pas au-delà de cette distance. Nous aussi, nous dessinons un cercle au compas, à partir du point d'attaque du 4 juin, même si nous savons que nous avons affaire ici à un genre différent et que certaines espèces voyagent sur une vingtaine de kilomètres, au gré des rafales de vent, mais il faut bien débuter. Il en ressort que le gros moustique noir pourrait s'être échappé de six propriétés : celle d'Alain et Chantal, trois autres maisons situées du même côté de la rue et, en face, les domiciles de Valérie ou Margot. À moins qu'il n'ait décollé du bosquet aux serpents ou des broussailles à la place desquelles passera le futur boulevard urbain. Voire du bois de la Poudrette fraîchement abattu, ou encore de ces fossés agricoles le long du chemin, qui renferment une eau fétide.

FOUILLES DANS LE JARDIN

—

La grande histoire des moustiques raconte qu'ils sont nés au Gondwana, un continent qui regroupait l'Afrique, l'Amérique du Sud, l'Australie, l'Inde et le pôle Sud actuels. C'était à la fin de l'ère primaire, bien avant l'apparition de l'espèce humaine, il y a plus de 250 millions d'années. Puis, ils ont envahi la Laurentie – Europe de l'Ouest, Amérique du Nord, Groenland – et l'équivalent de l'Eurasie. Ils ont colonisé les forêts, les savanes, les marais. Des millénaires plus tard, ils ont voyagé – et voyagent toujours – grâce à l'homme. En passagers clandestins. À cheval, en caravelle, train à vapeur, voiture, avion. Certaines variétés s'adaptent plus que d'autres. Les plus performantes sont capables de pondre des œufs en hiver, qui résistent au froid ou à l'absence d'eau, et éclosent au printemps. Le « tigre » est l'un de ces durs à cuire.

Originaire d'Asie, le moustique rayé est le dernier à s'être implanté en France. Il circule en auto-stop, caché dans l'habitacle des véhicules. Cependant, ses principales percées ont eu lieu grâce au transport de pneus d'occasion : il pond dans les rainures, par une chaude humidité. C'est ainsi qu'il est parvenu en 1989 à la pointe de l'Afrique du Sud, en bateau depuis le Japon jusqu'au Cap – à partir de là, il s'est multiplié partout en Afrique. Le caoutchouc lui a aussi ouvert les frontières de l'Europe. Des chercheurs le repèrent dès 1979 en Albanie mais les échanges commerciaux sont freinés par le rideau de fer. Le « tigre » revient à la charge dès la chute de l'URSS, en 1990, pénétrant en Italie via une casse auto installée à Gênes, qui avait commandé des pneus aux États-Unis. Il est repéré à Menton en 2004, signalé à Toulouse en 2014. Il pose ses valises à Montauban à l'été 2015.

Et quand il ne migre pas, il peut assouvir sa passion : le jardinage.

Alain et Chantal ont créé un potager au bout de leur propriété, sur une langue de terre gelée par le projet de futur lotissement. Une serre de 50 mètres carrés. Juste à côté, ils avaient construit un enclos de belles dimensions, pour quarante volailles, mais ils ont arrêté depuis qu'un jour la clôture électrique a disjoncté et que le renard s'est infiltré, ne laissant aucun rescapé. Les proprios se sont rabattus sur les légumes, qui ne craignent rien, pas même les intempéries grâce à la serre en forme de tunnel. Alain, commercial de métier, qui est à la recherche d'un emploi, s'active tôt le matin et tard le soir entre les plants, tandis que Chantal part travailler dans un centre hospitalier de pointe à Toulouse. Ils se fixent pour objectif de produire assez pour nourrir l'équivalent d'une famille de quatre personnes.

Leurs plantations devraient être luxuriantes, les pieds croulants, car Montauban est l'un des plus grands étals de primeur de France. Malchance, la plaine de Bas Pays échappe à cette bénédiction. Son sol composé d'argile, de sable et de petits cailloux, plus propice à la poterie qu'au maraîchage, porte un nom : la boulbène. Mouillée, la boulbène devient dure comme la pierre. Plus aucun outil ne peut l'entailler. Pour rééquilibrer, Alain enrichit le sol de fertilisants végétaux – du purin d'ortie et de prêle –, qui donnent une terre plus meuble, et protègent contre les maladies. Les mixtures macèrent dans deux bacs à poubelle. Non loin de là, un tas de compost abrite des couleuvres jaune et bleu.

Seraient-ce celles qui sont venues passer leur nuit de noces chez Margot ? Alain ne se lasse pas de leurs écailles douces comme du velours. *« En plus d'être superbes, elles chassent les vipères, car les deux serpents ne cohabitent pas sur un même territoire »*, relève-t-il. En revanche, elles n'avalent pas les moustiques. Ce serait plutôt l'inverse, car, selon la littérature scientifique, certaines espèces de diptères attaquent les reptiles, en souvenir de leurs lointains ancêtres qui aspiraient du sang de dinosaure.

À bien l'observer, ce jardin a tout du parc d'attractions pour moustiques. Ce n'était pas l'ambition d'Alain, qui s'applique à vider les pots de fleurs et les bâches recueillant l'eau stagnante. Peine perdue, il y a toujours une goutte quelque part, sur le toit arrondi de la serre, sur la boulbène après arrosage manuel, dans le creux des bambous – la haie de bambous verts qui pousse à deux mètres du lieu du drame offre une planque insoupçonnée. Sans parler des gouttières que le commun des mortels oublie de nettoyer, de la piscine qui a régalé tout le quartier ou encore des massifs de fleurs, où les feuilles les plus grosses recueillent la rosée du matin. Quand on pense qu'une femelle peut pondre deux cents œufs dans un simple bouchon de bouteille…

Mais chemin de la Poudrette, personne n'aurait l'idée d'accuser le jardin des autres. Chaque maison possède son arpent cultivable, et on y accède par des portails entre deux clôtures, qui permettent de se rendre chez les voisins sans emprunter la route. Ici, les moustiques se partagent, comme les conseils pour traiter les cerisiers. Ils vont et viennent, on ne peut pas dire qu'un voisin les engraisse à force de négligence. Une tout autre ambiance règne au quartier d'Issanchou, à quelques kilomètres de là, dans les jardins partagés, creusés sur les anciennes friches

Chemin de la Poudrette, personne n'aurait l'idée d'accuser le jardin des autres.

qu'un industriel a léguées aux plus pauvres après les inondations de 1930. Là, une riveraine dénonce sans relâche une *« véritable pouponnière à moustiques »*. Dans ses courriers à la mairie, elle met en cause les réservoirs d'eau de pluie qui facilitent l'arrosage. Elle en décompte trois cents, d'une contenance de 200 litres chacun. L'association chargée d'entretenir les cent trente parcelles conteste ces chiffres et assure avoir posé un couvercle inviolable sur les petites citernes. Ces délations se multiplient ailleurs en France, ciblant un domicile inoccupé ou mal nettoyé, une piscine gonflable ou un pot à géraniums rempli de larves. Certaines villes, comme Toulouse, ont fini par punir ceux qui n'entretiennent pas leur habitat. L'amende est de 400 euros.

À Montauban, la municipalité préfère mener des campagnes de prévention, sur le marché paysan ou dans les rayons du Jardiland. Elle édite des dépliants de recommandations et fournit des audits gratuits pour déceler les *« gîtes larvaires »* au domicile des particuliers. À chaque fois, les agents municipaux expliquent qu'il faut éliminer les récipients vides sur les balcons et les pelouses. Paradoxe : pendant qu'elle chasse les bassines à linge, la mairie peine à curer ses fossés agricoles, comme celui qui borde le chemin de la Poudrette. Les petits canaux forment un réseau colossal de 1 380 kilomètres. L'entretien est ruineux. Ainsi, l'eau croupit entre des bouchons de végétaux, pour la plus grande joie des *Culex* comme des *Anopheles*. Et que dire des points de rafraîchissement que la municipalité multiplie au centre-ville, dont le « miroir d'eau » est l'exemple le plus somptueux ? Depuis juillet 2022, un système de jets se dresse au centre de la place Nationale, trésor de briques virevoltant d'arcades. L'intensité du débit est variable, sous forme de brume, fontaine ou large flaque. La baignade des chevilles est autorisée, pas le maillot de bain. Une oasis pour les enfants les jours de canicule. Comme pour les moustiques en embuscade.

L'HYPOTHÈSE DE LA PISCINE

—

Il y a une deuxième Valérie chemin de la Poudrette. Et elle aussi a un problème avec son chat. *« Je pense qu'il se fait piquer les fesses par des moustiques. Il se prélasse sur le solarium et, tout d'un coup, il se lève et sprinte comme un fou. »* L'hypothèse est crédible, certaines espèces de diptères préférant se désaltérer de sang non humain. Si même les chats sont visés… « Valérie-numéro-2 » s'interroge sur ces attaques perpétrées aux abords de sa terrasse. Elle tient peut-être une piste, dégaine-t-elle, contente de faire connaître le fruit de ses recherches : sa piscine. *« Il y a des choses bizarres. Je traite l'eau avec du chlore, d'abord chlore rapide puis lent. Normalement, c'est suffisant pour tuer les larves, mais ça pourrait quand même venir de là. »* Au cas où certains spécimens seraient résistants aux produits chimiques de base, les piscinistes suggèrent de verser des insecticides, en respectant certaines limites. Mais cette voisine ne s'y risque pas.

Le moustique de Valérie-numéro-1 pourrait donc venir de la piscine de Valérie-numéro-2. Ou de celle que possède Nadine, à quelques dizaines de mètres de là. L'infirmière à la retraite vit dans une minisplendeur toscane, avec des cyprès qui saluent les voitures dès le portail. Quand elle a acheté ce champ à bâtir, en 1980, elle comptait profiter du calme de la campagne à la ville. C'est réussi, comme le lui a dit sa mère un jour, qui venait d'un tout petit village : « *Il y a moins de bruit chez toi que chez moi.* »

Les premiers mois, pendant le chantier, Nadine dormait avec son mari, Jean-Pierre, dans une caravane : envahie de moustiques. Le problème n'est donc pas complètement neuf. Jean-Pierre a fait la maçonnerie et Nadine a mis une bonne part de son salaire dans les matériaux et le travail des artisans. Au fil des ans, une terrasse a germé, puis une jolie cabane dans un arbre avec escalier et volets vernis, un vrai chalet suisse.

La piscine représentait la touche finale d'un rêve de petits propriétaires, heureux dans leur domaine, savourant la vie au plein air. Le centre d'un univers. Nadine et Jean-Pierre avaient imaginé les enfants et petits-enfants faire des bombes ou la planche, les anniversaires organisés sur les dalles mouillées, les siestes au sec sur les transats. Nadine a jugé le luxe accessible, porté par un crédit *« raisonnable »* et, aujourd'hui encore, il lui est possible d'économiser sur sa piscine en l'alimentant avec l'eau du puits.

Comme tout le monde, l'ancienne infirmière n'a qu'un regret : *« On se fait attaquer au jardin dès 7 heures du matin. C'est invivable. »* Elle a pris soin d'inspecter les lieux. Ses moustiques ne nichent pas autour de la piscine, ni dans le chalet suisse,

Le moustique qui a frappé pourrait faire partie de ces espèces qui supportent le chlore et les vagues.

régulièrement infesté de frelons asiatiques, raison pour laquelle elle ne s'amuse plus à y passer la nuit avec ses petits-enfants. Non, le lieu maudit consiste en un simple rectangle de terre et de sable aménagé en boulodrome. Impossible de s'aventurer sur le terrain en petite tenue. Les moustiques aiment la pétanque. Citronnelle impérative, à fortes doses.

Sur le papier, l'hypothèse de la piscine semble solide. Le moustique qui a frappé le 4 juin pourrait faire partie de ces espèces qui supportent le chlore et les vagues. Normalement, les nymphes – le stade d'évolution entre la larve et l'âge adulte – se noient en cas de courant ; en revanche, elles peuvent survivre dans un flux calme, à l'intérieur d'une piscine tranquille ou sur son pourtour, là où il pourrait y avoir une fuite dans le circuit d'alimentation, une flaque sur les dalles du bord.

Problème : d'après les vues aériennes, utilisées par les services des impôts, la Poudrette se prend pour l'arrière-pays niçois. Les piscines individuelles y sont légion. Il est vrai que la France est le premier pays d'Europe et le deuxième du monde en la matière : les professionnels du secteur recensent 3,2 millions de bassins privatifs – enterrés ou hors-sol –, soit presque un pour vingt habitants. La zone qui nous occupe compte carrément une piscine par maison. De six mètres de long en moyenne, elles sont creusées côté forêt plutôt que sur la rue, histoire de se protéger des regards, petites jalousies et questions malvenues sur le remplissage en période de sécheresse ou sur la vidange peu orthodoxe – l'eau serait parfois déversée dans le fossé communal. Si ce n'est celle de Nadine et Jean-Pierre, il en reste trois dans la zone des 150 mètres autour du point d'attaque. Dont celle d'Alain et Chantal ou celle de Margot, en face de la rue, là où un hérisson a failli boire la tasse. Valérie est la seule qui ne possède pas son petit plaisir aquatique. Elle n'en a jamais éprouvé l'utilité. Ce serait une ironie piquante qu'elle ait fait les frais d'un moustique né, nourri, logé dans la piscine des autres.

L'ESCADRON ATTAQUE

—

Nadine et Régine se baladent avec la même veste rayée blanc et bleu, un peu bretonne sur les bords. Un tricot par plus de 25 degrés en cette fin d'après-midi. Oui mais c'est du coton relativement fin et, de toute façon, il vaut mieux se couvrir les bras, vous savez pourquoi. Les « jumelles » – comme on les désigne parfois –, anciennes collègues à l'hôpital, portent une table de jardin en plastique, qu'elles calent à peu près stable, au milieu de l'ancien bois de la Poudrette, en face du portail blanc de Régine. Ce soir du 10 juin, c'est « apéritif partagé ».

Plus de trente personnes arrivent, des têtes nouvelles, d'autres plus anciennes mais rarement sorties de leur salon, car l'heure est grave. Les voisins attaquent dans le vif : l'avenir du quartier, de la mobilisation, d'une possible transformation du « collectif » en association qui déposerait dûment ses statuts en préfecture. Le projet de ZAC est une insulte à leurs espoirs. Une blessure irréparable dans leur tranquillité de propriétaires heureux. Ils ont déjà perdu des recours en justice une dizaine d'années plus tôt, lorsque les premiers travaux ont été lancés, avec un golf de 55 hectares comme première réalisation, presque 14 % de la superficie de la zone d'aménagement. Le chantier a observé quelques années de répit. Maintenant, il se déplace droit sur eux.

France Nature Environnement (FNE), représentée par une voisine de la rue perpendiculaire, propose ses services, son savoir-faire et son assistance juridique. En 2019, FNE avait déjà permis de sauver des arbres au sud du chemin, promis à la tronçonneuse et qui désormais portent tous un prénom, masculin, féminin, neutre, ancien, moderne, français, arabe, celte… Dans la partie nord, il en reste aussi à préserver, mais presque plus aucun dans le bois rasé, une poignée seulement, qui se cabrent au-dessus de leurs congénères morts en granulés. Le chemin de la Poudrette va se battre pour ses arbres. Il n'est plus franchement question de s'opposer aux travaux puisque le collectif répète que *« tout le monde a bien le droit de se loger »*. À tout le moins, il faudrait que les promoteurs intègrent la nature existante dans leurs plans.

Les voisins attaquent la quiche lorraine. Pour un peu, l'ambiance rappellerait la fête de la Poudrette, qui se tenait autrefois au moment de la Saint-Jean, le 24 juin. *« On allumait un feu, et puis on faisait une soirée dansante*, se souvient Régine, toute gaie à cette évocation. *Les gendarmes et les pompiers s'inquiétaient de voir des flammes et de la fumée dans le ciel. Ils passaient jeter un œil et ils se retrouvaient à boire un coup avec nous. »* La fête s'est arrêtée au début des années 2000, quand la ZAC a été annoncée.

Tout en remuant ses souvenirs, Régine assène une claque sur un coin de la table. *« Il avait piqué, celui-là. »* Les deux anciennes employées de l'hôpital ne regrettent pas leurs manches longues – porter des *« vêtements couvrants et amples »* fait d'ailleurs partie des recommandations de l'agence régionale de santé d'Occitanie, comme en zone tropicale. Les biceps nus, eux, se frottent de plus en plus nerveusement la peau, sans que l'observateur puisse déterminer si c'est pour faire éventail et écarter les insectes, ou pour soulager une piqûre. Les hommes en bermuda, comme Jean-Pierre, l'ancien policier, sont visiblement rodés : sans interrompre les discussions,

Dans ce qui est clairement devenu une zone de prédation, les habitants, agités de spasmes, mettent un point d'honneur à poursuivre les conversations.

ils se penchent régulièrement jusqu'à leurs mollets. De plus en plus souvent l'heure passant. 19 heures, il y a de l'emballement dans l'air. C'est le fameux chassé-croisé, entre les moustiques qui partent se coucher et ceux qui se réveillent. Dans ce qui est clairement devenu une zone de prédation, les habitants mettent pourtant un point d'honneur à rester, agités de spasmes et surveillant la moindre poussière en suspension mais transportés par le moment, l'odeur d'un combat à mener, long et incertain pour défendre le chemin.

20 heures, le terrain se vide, bien sûr, *« parce qu'il se fait tard »*. L'habitude majoritaire consiste à se coucher tôt. 20 h 15, catastrophe. Sur le trajet du retour, les convives ne se grattent plus, ils se griffent. L'air est saturé. Les moustiques chassent en meutes. Ils ont choisi leur cible : Valérie-numéro-1. L'institutrice marchait lentement, tout en poursuivant sa conversation avec Nadine. Elle s'est arrêtée devant le portail de chez Chantal et Alain. Même victime, même lieu que six jours plus tôt.

Le sang gicle. Le sien, devenu le leur. Valérie écrase un premier moustique sur son front. Il semble plus petit que celui qui l'a attaquée le samedi. Une nouvelle fois, aucune chance d'analyser la carcasse. Une purée de chitine, les cellules de l'insecte. Pendant ce temps, les autres assaillants descendent dans ses cheveux et remontent. Ont-ils eu le temps de prendre leur dose ? Valérie secoue frénétiquement la main mais l'escadron rapplique. Elle est devenue leur proie.

Pour l'heure, sa situation est loin de l'urgence vitale car, selon la taille et l'espèce du moustique, il faudrait qu'elle se fasse piquer par deux cent mille à deux millions d'individus pour être vidée de son sang. La scène frôle tout de même le film d'horreur.

Pourtant, Nadine se paie le luxe d'étirer la discussion, comme si l'heure était encore à boire le thé : *« Le pire que j'ai vu, c'était dans une réserve indienne au Canada, pendant un voyage au lac de Saint-Jean. Le guide nous avait dit de ne pas porter de vêtements de couleur et de ne pas mettre de parfum. Les touristes se faisaient dévorer. Par contre, il paraît que les populations locales étaient immunisées. »*

Valérie secoue la tête, à moitié pour approuver le propos, à moitié pour repousser la horde, sans succès. Elle admet que, oui, ce doit être ça, elle utilise du parfum. Du CK Free Blue, annoncé *« pour hommes »* sur l'emballage. Le flacon appartenait autrefois à son père et elle ne s'est jamais résolue à s'en débarrasser.

Vérification faite sur le site internet de Calvin Klein, ce patchouli n'est pas sans poser problème. Certaines des notes de tête pourraient jouer les répulsifs, comme la lavande, la menthe et la mandarine, réputées dissuader les insectes volants en général. Mais d'autres molécules pourraient au contraire les exciter. Le danger provient-il de ces notes de cœur, décrites par le fabricant comme *« aquatiques »* et *« vertes »*, composées de cardamome et de noix de muscade, ou de celles de fond : un trio infernal de musc, d'ambre et de cuir ?

Il faudrait qu'elle se fasse piquer par deux millions d'individus pour être vidée de son sang.

Le dilemme est loin d'être anecdotique, la question taraude la science. Les plus éminents chercheurs peinent à se mettre d'accord sur ce qui, chez l'homme, attire le moustique. Odeur corporelle ? Parfum de synthèse ? Type d'alimentation qui imprègne la transpiration ? Groupe sanguin ? Couleur des vêtements ? Aucune réponse ne s'impose, hormis le fait que le moustique perçoive à des centaines de mètres à la ronde le gaz carbonique rejeté par l'être humain, et que certaines espèces détestent boire chaud, évitant les malades qui ont de la fièvre.

En tout cas, du matin au soir, Valérie alterne entre les « pchits » de citronnelle et ceux de CK Free Blue. Le poison et l'antidote. Et, de toute évidence, le répulsif ne parvient pas à prendre le dessus. Voilà a priori résolu l'un des mobiles de l'attaque du 4 juin.

L'USINE À MOUSTIQUES

—

Un voisin à la retraite, qui porte une casquette « Saint-Tropez » mais qui vient de Normandie, s'inquiète du chantier sous ses fenêtres. Quelques jours après la réunion au grand air, il arpente le bois massacré. Sale histoire. Sa femme voulait quitter un joli port de pêche sur la Manche pour se rapprocher de sa sœur installée à Montauban. Chemin de la Poudrette, le couple, discret et dont on ignore la vie d'avant, pensait goûter au Sud-Ouest dans sa douceur et sa simplicité. Hélas, un an et demi après leur arrivée, les Normands découvrent qu'ils ont acheté au beau milieu d'une future ZAC et soutiennent que le notaire et le vendeur ne les ont informés de rien. La destruction du bois de la Poudrette leur porte préjudice. Le rideau de verdure qui s'effondre ;

les faucons crécerelles, épanouis sur le toit de la maison, qui s'en vont sans laisser d'adresse ; les cris de l'école primaire, jusqu'alors filtrés par la végétation et qui arrivent désormais à plein volume. La valeur de leur maison se serait écroulée, selon ce qu'une agence immobilière a raconté à une voisine. L'info a circulé et plusieurs habitants craignent de connaître le même sort : ne pas pouvoir partir à cause d'une propriété qui ne vaudrait plus un clou. Plus optimiste, une autre voisine pense que le nouveau lotissement, avec son apparence proprette, ses pistes cyclables et toutes les commodités, rehaussera la valeur des biens. À moins que…

L'ancien bois risque de dissuader les visiteurs. À sa place, une baignoire géante, profonde de deux mètres, avec une bonde d'évacuation, va en effet voir le jour. En termes d'ingénieur, ce sera *« un bassin de rétention »*, qui se remplira par temps d'orage et empêchera les inondations. La loi l'impose pour les nouvelles constructions, surtout quand les sols sont mal drainés, comme à Bas Pays. La ville de Montauban est constellée de ce type d'ouvrages – plus de trente – et l'agglomération en possède le quadruple. Les voisins sont perplexes. Un premier trou a été creusé dans la partie sud du chemin, plus vaste que le lotissement qu'il est supposé protéger du Déluge.

Les deux Normands élaborent différents scénarios sur ce qui les attend, tous plus effrayants les uns que les autres. Une fois que le bassin sera créé, à quoi ressemblera-t-il ? S'il ne possède aucun revêtement synthétique, la terre se changera en boue puis en cloaque hostile, dégageant une odeur fétide. Si du gazon est semé, les lieux se transformeront en terrain de foot – bonjour le bruit. Une membrane artificielle aurait, quant à elle, le tort de stocker l'eau de pluie et, comme le dit Valérie : *« On aura une superpiscine à moustiques. »*

Les dizaines de commentaires des Montalbanais sur Facebook montrent que les craintes de l'institutrice sont malheureusement fondées : ceux qui habitent à proximité d'un bassin de rétention sont parmi les plus désemparés. Le problème a été documenté ailleurs en France, comme en 2016 à Lyon, où la métropole a demandé des recommandations pour la construction et l'entretien de ses bassins. Une équipe d'universitaires a émis des préconisations qui ressemblent à un mode d'emploi de salle de bains : poser la *« géomembrane »* avec grand soin, pour empêcher la formation de flaques, prévoir une pente suffisante pour un bon écoulement de l'eau, etc.

Cinq ans plus tard, en Ariège, le conseil d'architecture, d'urbanisme et d'environnement (CAUE)

La valeur de leur maison se serait écroulée, selon ce qu'une agence immobilière a raconté à une voisine. L'info a circulé.

a publié sur Internet une liste de bonnes pratiques, en réponse à un maire du département. « *Les bassins à submersion temporaire produisent des moustiques de marais* », admet le CAUE, notamment des *Aedes* susceptibles de provoquer « *une forte nuisance pour le grand voisinage (des espèces peuvent se déplacer sur plusieurs dizaines de kilomètres)* ». L'organisme suggère de « *privilégier les bassins toujours en eau car la prédation peut se mettre en place : poissons, libellules, amphibiens…* »

À la Poudrette, certains demandent justement que soit laissé un fond d'eau dans les bassins d'orage, mais la réglementation interdit d'y introduire le moindre animal. Nul ne sait donc comment sera aménagée cette immense baignoire. La mairie tarde à nous fournir des informations sur le sujet. Les voisins ont aperçu des drones aller et venir à la fin de l'été, une fois les creusements effectués, comme si les autorités locales hésitaient encore sur la conduite à tenir : semer du gazon, poser une paroi étanche ou laisser le sol en terre, pour faciliter l'écoulement, du moins si la boulbène ne fait pas barrage.

Un siècle plus tôt, un microbiologiste de l'université de Bordeaux, le professeur Antoine-Henri Mandoul, pointait le rôle des retenues d'eau artificielle dans la prolifération des moustiques. Son étude est disponible à la Bibliothèque nationale, dans les archives du *Bulletin de la société de pathologie exotique*, année 1919, volume 12. Le scientifique avait passé plusieurs villes du Sud-Ouest au peigne fin pour tenter d'identifier des foyers de paludisme. Il classait Montauban parmi les localités à risque dans la région, derrière Auch, dans le Gers, devant Castres et Albi, dans le Tarn, mais aussi Agen, dans le Lot-et-Garonne, et à égalité avec Toulouse. De Montauban, il disait : « *Les moustiques sont particulièrement importuns dans cette ville. Une multitude de "Culex" éclosent sur les bords du Tarn au bas de la falaise abrupte où les égouts viennent déverser leur contenu à peu de distance du pont principal.* » Le microbiologiste recensait des anophèles dans « *les bassins du jardin public où l'on cultive les plantes aquatiques* » mais aussi le long du « *canal de Montech et le petit port voisin de l'usine à gaz, malgré la présence de remorqueurs et de péniches* ».

Le professeur inventoriait les gîtes favoris des moustiques : les canaux, les fossés agricoles, la partie basse des rivières, les mares où le bétail vient se désaltérer – les empreintes de sabots se gorgent de pluie, et donc, de larves. Il désignait enfin les réservoirs construits dans les villes, à l'époque couverts d'une couche de ciment et destinés à combattre les incendies. Entre autres solutions, le professeur Mandoul suggérait de nettoyer les berges des rivières, de drainer les marécages et de planter des arbres, d'introduire des carpes et des tanches dans les bassins artificiels et, en dernier ressort, de créer des *« brigades de moustiqueurs »* qui pourraient traiter les nids avec du pétrole. Un siècle plus tard, la mairie de Montauban a choisi la solution d'une escouade de démoustiqueurs.

RIPOSTE DU CANON

—

La Ford Ranger est arrivée en quasi-triomphe, chemin de la Poudrette. Un pick-up blanc d'allure massive, roues à franchir l'Himalaya, doté d'un canon pulvérisateur qui crache à quinze mètres et de deux lances latérales qui peuvent mitrailler à vingt mètres. La cuve contient 500 litres d'insecticide. L'engin, assemblé en Italie, est ce qui se fait de mieux dans le domaine.

Valérie est tombée nez à nez avec la machine, alors qu'elle sortait d'un épais taillis entre deux maisons, accompagnée d'un groupe de voisins. Elle venait d'arpenter la chênaie qu'Alain voulait leur montrer le jour où elle a été piquée. Ce sous-bois sauvage, qui inquiétait la petite bande, n'a pas déçu : des moustiques ont fait mouche.

Valérie était munie de son bouclier de citronnelle mais elle pense, sans certitude, qu'elle s'est fait mordiller. La faute à Calvin Klein ? Ce n'est pas le sujet aujourd'hui. Explorer ce pan de forêt est une priorité. Il s'agissait d'inventorier les arbres et de leur donner un âge, en évaluant la largeur de leur tronc, pour fournir un relevé complet à la mairie. De cette manière, les voisins espèrent repousser les broyeurs canadiens.

Sur le chemin, la Ford avançait en position offensive. Accélération sur deux cents mètres, ralentissement, armement du canon et pulvérisation latérale. Le tank occupait presque toute la largeur de la chaussée. L'un des deux conducteurs a baissé la vitre et demandé aux voisins de ne pas rester trop près. Ils ont reculé jusque dans le jardin le plus proche dont le portail était par chance ouvert… celui d'Alain et Chantal bien entendu. Le canon soufflait fort mais propulsait une vapeur douce. Comme dans les stations de lavage auto, étape de la « cire » et du « lustrage » de la carrosserie. Le nuage n'avait pas d'odeur. Le pick-up a fait demi-tour, pour crachoter sa brume de l'autre côté de la route, toutes lances orientées vers les fossés. Un succès foudroyant puisque, le lendemain, les minuscules soubresauts à la surface, larves ou nymphes, avaient disparu.

Devant un tel spectacle, une femme dans le groupe des voisins a sorti un appareil photo. « *Un problème ?* », a demandé l'un des deux pulvérisateurs. Aucun. Elle a rangé l'objectif à contrecœur. Jusqu'en 2020, certains à Montauban demandaient des comptes sur la composition des produits utilisés. Ce n'est plus le cas. Il faut mater les bestioles, peu importe le prix à payer.

La ville applique des traitements antimoustiques depuis une vingtaine d'années mais le rythme s'est accru, passant de trois tournées de pulvérisations annuelles en 2016 à huit en 2022. Chaque campagne dure cinq jours et coûte 4 400 euros. Une somme conséquente, quand on sait que la mairie subventionnait aussi l'achat d'un « *aspirateur à moustiques* » pour les particuliers jusqu'en 2021 : 50 euros remboursés sur un appareil coûtant 200 euros environ. Elle a par ailleurs acquis ses propres aspirateurs, des modèles haut de gamme à 1 600 euros pièce, qu'il faut recharger en produit pour 110 euros par mois, puisqu'un « aspirateur » fonctionne en imitant l'odeur corporelle humaine, ce qui est censé attirer la femelle moustique et la piéger. Deux bornes ont été installées devant une crèche, entraînant « *une baisse du nombre de signalements* », se réjouit la mairie. Pas moins de quinze nouvelles machines devaient

Un « aspirateur » fonctionne en imitant l'odeur corporelle humaine, ce qui est censé attirer la femelle moustique et la piéger.

être disposées d'ici 2023 dans le jardin des plantes, ce qui pourrait sauver les parties de toboggans et le festival de musique. Pour identifier la bonne panoplie, Montauban a demandé conseil à la ville d'Hyères, l'une des premières communes à avoir subi le moustique-tigre, au début des années 2000.

L'entreprise Diamco, installée dans le département voisin du Tarn, à Castres, a signé un contrat de prestataire avec la municipalité. C'est elle qui possède le canon perché sur le 4x4, elle seule qui en connaît les bons usages. Éviter le temps venteux,

Pas moins de quinze nouvelles machines devaient être disposées d'ici 2023 dans le jardin des plantes.

sinon le produit se dissémine trop vite. Asperger les massifs et pièces d'eau du jardin des plantes avant le festival. Pas de traitement en août car, en théorie, la chaleur détruit les gîtes larvaires, mais c'est sans compter les orages, qui viennent remplir en quelques minutes tout ce que la ville possède de récipients.

La gérante de Diamco prend soin de nous préciser qu'elle « *fait du bio* ». La substance répandue est en effet composée d'une bactérie, le *Bacillus thuringiensis israelensis* (BTI), qui est censée se dissoudre dans l'eau, sous l'effet des rayons ultraviolets, et ne pas affecter d'autres espèces animales. Ce larvicide – qui épargne donc les moustiques adultes – a pris le relais des insecticides interdits depuis 2007, plus efficaces mais aussi plus nocifs pour l'environnement. Les substances organophosphorées avaient elles-mêmes succédé au DDT, cet exterminateur de moustiques, de rats et de poux qui a enrayé le paludisme en France métropolitaine, l'a contenu en Afrique et Asie du Sud-Est, tout en contaminant les poissons, les oiseaux et les humains.

Le BTI est présenté comme un moindre mal. Encore que des chercheurs en Rhône-Alpes ont démontré que la bactérie mettait plus de temps que prévu à se désintégrer, voire qu'elle se multipliait dans l'eau. À l'inverse, certains responsables politiques voudraient revenir à des traitements plus radicaux. Telle la maire de Montauban, nostalgique des campagnes au mortier. *« Moi j'ai connu l'époque où les avions pulvérisaient les plages pour se débarrasser du moustique, et c'est efficace, on n'en est pas mort »*, clamait Brigitte Barèges dans un communiqué en 2019, à l'époque des trois cas de dengue déclarés sur sa commune. L'édile n'a pas obtenu gain de cause : la loi interdit les avions et les hélicoptères au-dessus des agglomérations.

Les insecticides moins puissants ou diffusés moins fréquemment seraient-ils une explication à la recrudescence des moustiques ? L'hypothèse fait parler à Montauban, où les producteurs de fruits ont parfois eu la main lourde. Des habitants rencontrés au hasard en font mention : selon eux, il faudrait enquêter du côté des exploitations agricoles, a priori moins arrosées de produits chimiques ces dernières années. Entre des fruits sains et des étés sans piqûre, on ne peut pas tout avoir, concluent nos sources, fatalistes.

À deux kilomètres de la Poudrette, on repère une de ces étendues de pommes qui viennent lécher les frontières de la ville, sous leur voile antigrêle et anticorbeaux. Des nids à moustiques ? L'hypothèse tombe rapidement. L'entomologiste Frédéric Darriet, pilier de l'entente interdépartementale pour la démoustication du littoral méditerranéen jusqu'à sa retraite en 2022, interrogé au téléphone, rappelle qu'il subsiste de nombreux traitements de synthèse dans les cultures de fruits, y compris en bio. Par ailleurs, la présence d'engrais favorise davantage le moustique que l'absence de pesticides. Et l'ex-chercheur de rappeler des études menées au début des années 2000 dans des rizières intensives à Madagascar ou en Asie du Sud-Est, concluant que les surplus d'azote attiraient la femelle moustique pour pondre. Fausse piste donc.

DES RAIDS DE CHAUVES-SOURIS

—

Dans un cul-de-sac de la Poudrette, Stéphane, larges épaules, bouc au menton, a aménagé un jardin méditerranéen de toute beauté, avec un olivier qui luit au soleil et un buisson de lavande. Pour identifier les autres essences, cet habitant les prend en photo et les scanne dans l'application Pl@ntNet, qui rend un verdict instantané : figuier de barbarie, yucca à fleurs blanches, etc.

Stéphane se déleste de sa lourde veste de motard. Il rentre de l'atelier d'insertion et réinsertion pour travailleurs handicapés où il enseigne la menuiserie. Il a rapporté l'une de ses pièces les mieux ouvragées : un nichoir à chauves-souris, aspirateurs naturels à moustiques.

La boîte, fabriquée en bois de récupération, comprend une fente par-dessous, large d'à peine deux centimètres, par laquelle se faufile la chauve-souris, avant qu'elle ne s'accroche à des rainures creusées sur les parois intérieures. Il n'y a plus qu'à espérer qu'elle boulotte un maximum de diptères une fois hors de son abri. On estime qu'elle en consomme jusqu'à trois mille par jour. La ville de Toulouse emploie d'ailleurs les chauves-souris dans sa politique de traque du moustique, même si le prédateur n'est pas infaillible : comme il vole la nuit, il ne peut pas s'attaquer au « tigre », qui se manifeste de préférence en plein jour. À Montauban, la ville n'a pas encore sollicité de dresseurs spécialisés ni acheté de nichoirs en gros mais la maire déclare qu'elle s'est personnellement équipée d'une boîte, pendant que les jardineries locales se sont lancées dans le business.

La fabrication de Stéphane coûte 18 euros, reversés à l'organisme de réinsertion. Il a proposé aux voisins de la Poudrette de les équiper : ils lui ont répondu qu'ils allaient réfléchir. Sa maison se situe à deux cents mètres de l'ancien bois, là où le chemin se divise en deux, semblable à la barre d'un T. Le menuisier a posé un modèle de démonstration près du jardin méditerranéen mais n'utilise

La ville n'a pas encore sollicité de dresseurs de chauves-souris ni acheté de nichoirs en gros, mais la maire déclare qu'elle s'est personnellement équipée.

pas de nichoir pour son propre compte. Lui ne lutte pas contre le moustique. Il ne l'élève pas non plus. Simplement il a renoncé à jouer à la guerre.

« *Baygon vert, Baygon rouge... Je n'achète rien de tout ça*, rigole-t-il. *J'ai déjà essayé la raquette électrique, sans insister. Je fais attention à ne pas laisser les lumières allumées le soir pour ne pas les attirer. Je n'aime pas me faire piquer mais bien sûr qu'ils me piquent.* » Stéphane parle comme un vénérable chef amérindien, en communion avec l'esprit de la nature. Les sangliers lui ont déjà rendu visite mais il s'est bien gardé de téléphoner en mairie pour les faire abattre – au printemps, un troupeau a été achevé à la dague en plein bois de la Poudrette, les petits capturés ont été relâchés dans le bois de Montech. Il voue le même amour aux chevreuils, qui se régalent de ses légumes dans des bacs en hauteur. Les jardinières, surélevées pour éviter de se casser le dos quand on les arrose, se révèlent aux bonnes dimensions pour ces animaux. Un voisin a conseillé à Stéphane de renforcer le grillage. Il n'y tient pas. « *C'est nous qui avons envahi leur terre, tout de même !* »

On repense à une conversation qui a eu lieu quelques jours plus tôt avec Pascal, l'ornithologue du quartier, lors de l'apéritif partagé, entre voisins et moustiques. L'homme à chapeau de toile et lunettes rondes assiste consterné aux campagnes d'extermination, qui ont commencé par les oiseaux, si heureux dans le bois de la Poudrette. Ce neuroscientifique dans le civil est venu faire un relevé des espèces le 3 juin, quand les engins ont entamé le broyage des arbres. Sa liste est consignée dans un carnet. Ce sont les absents qui se remarquent le plus : des espèces à plumes qui devraient se trouver dans ce type de végétation, et qui ont disparu. Elles ont été tuées ou se sont enfuies. Il en va des oiseaux comme des moustiques, pense Pascal : l'homme domine, l'homme saccage, l'homme tue. Sans discernement.

L'ornithologue préfère quelques démangeaisons au massacre des insectes. Au fond, qu'est-ce qu'une poignée de diptères suceurs de sang, sur les trois cents genres recensés en Europe ? Sachant qu'une portion encore plus restreinte transmet les maladies. Les moustiques n'ont-ils pas leur place dans le vivant, de par leur travail de pollinisation – on se rappelle que les mâles sirotent du pollen à longueur de journée – et le rôle de repas pour leurs prédateurs naturels que sont les chauves-souris, certains poissons, batraciens et libellules ? Voilà pourquoi Pascal refuse d'assécher les points d'eau, comme le recommandent les pouvoirs publics. « *Sinon, les animaux meurent de soif en plein été.* » Chez lui, les casseroles traînent sur l'herbe, vidées tous les trois jours, pour empêcher les larves de moustiques de se développer. Le neuroscientifique déteste les lampes à UV disposées sur les terrasses, qui grillent autant les papillons que le « tigre ». Son dernier combat porte sur les lampadaires trop puissants sur la voirie, qui affolent la faune avec leur illusion de soleil permanent, et empêchent les gens d'admirer les étoiles. Pascal dit : *« Ici, les habitants aiment voir le ciel. »*

« CE QUI VA VOUS TOMBER DESSUS »

—

Six semaines après la piqûre sur l'épaule gauche de Valérie, l'enquête se termine dans une impasse. Le principal suspect est mort, réduit en poussière, impossible à identifier formellement, et la victime semble passée à autre chose. Selon toute vraisemblance et compte tenu des témoignages, indices et éléments recoupés, il est possible d'affirmer que :

- Valérie a été attaquée le 4 juin 2022 vers 16 h 45 par un *Culex pipiens*, un *Aedes caspius*, voire un *Anopheles* de grande taille, dont le développement a été favorisé par la forte chaleur régnant sur Montauban, les orages et les nombreux points d'eau visibles dans le jardin d'Alain et Chantal ainsi que dans les environs du chemin de la Poudrette.

- Ce type d'agression est de nature à augmenter sur toute la superficie de la ville et dans l'ensemble de la France métropolitaine. Le moustique-tigre lui-même, qui alimente le sentiment d'insécurité, est implanté dans la plupart des départements, y compris à Paris où il a débarqué en 2019, quatre ans après avoir terrorisé Montauban. Comme pour les canicules, la Bretagne et la Normandie sont un peu moins exposées, mais ce n'est qu'une question de temps : le « tigre » a colonisé l'ensemble des terres immergées sur la planète, pôles exceptés. Les autres genres de moustiques y prolifèrent également.

- Le changement climatique explique en partie la conquête du moustique. Les épisodes de pluie brutaux survenus l'été entre deux fournaises, le réchauffement de l'air et l'augmentation de la concentration en CO_2 dans l'atmosphère rappellent le climat du carbonifère : c'est pendant cette période de l'ère primaire, entre -359 millions et -299 millions d'années, que la Terre s'est couverte de marécages et donc de diptères. Toutefois, leur multiplication est aussi liée à l'activité humaine, tout spécialement à la déforestation et à ses conséquences.

- Cette famille d'insectes ne peut pas être éradiquée, sauf à accepter des dommages collatéraux importants pour l'environnement. De nouvelles méthodes semblent à même de ralentir leur prolifération, telles la stérilisation des mâles par irradiation, testée avec succès à La Réunion, ou les manipulations génétiques, encore au stade expérimental, par exemple en Floride, qui empêchent le développement des larves femelles. Ces protocoles ont l'avantage d'être non polluants mais leur coût prohibitif devrait limiter leur utilisation.

Dernière visite au chemin de la Poudrette. Fin juillet, presque deux mois après le drame. La sécheresse a brûlé les chênes. Les feuilles tombées au sol sont dorées et croustillantes comme des Kellogg's. Quand on marche, on entend un bruit de petit déjeuner. À l'ombre, les habitants se sont retranchés chez eux. Les travaux du lotissement derrière chez Chantal et Alain n'ont pas encore débuté ; le bassin de rétention a été creusé sur deux mètres de profondeur ; le sol est pour l'instant en terre nue ; quelques îlots se détachent, correspondant chacun à un arbre sauvé. De façon surprenante, le Nagosaoumos, le ruisseau, a disparu. Peut-être à cause de la canicule. Ou d'une pelleteuse qui l'aurait éventré, et définitivement condamné.

En face du bassin de rétention, Valérie nous reçoit, pour la première fois. Elle a tiré deux chaises

Leur multiplication
est aussi liée à l'activité
humaine, tout
spécialement à
la déforestation et
à ses conséquences.

sur sa terrasse, sorti une bouteille de Rozana bien fraîche. Deux jours plus tôt, elle s'est blessée à l'épaule en tentant de récupérer Maya, son chien, qui s'est lui-même rompu les ligaments croisés en sautant dans la fosse. Son chat Nouchka n'est pas réapparu. Elle poursuit la bataille contre la ZAC de Bas Pays et croit qu'il est possible d'éviter l'expropriation, bien qu'elle admette que ses chances sont minces.

La dame aux moustiques continue d'élaborer des stratégies de lutte avec les voisines et voisins, Chantal et Alain, Régine et Nadine, avec France Nature Environnement et les autres. À 50 ans passés, elle fait partie des plus jeunes habitants et appelle la mairie à *« respecter les personnes qui vivent ici et qui ont contribué à faire de Montauban ce qu'elle est aujourd'hui »*. L'institutrice pense souvent à son oncle, l'un des premiers à avoir construit ici. Au tournant des années 2000, avant même qu'il déménage et que ne soit affichée l'enquête d'utilité publique de la ZAC, il lui avait fait cette prédiction : *« Tu vas voir tout ce qui va vous tomber dessus… »* Valérie pense en avoir percé le sens : *« Ce quartier, c'était trop beau pour être vrai. »*

« Le paludisme est lié à notre gestion de l'environnement. »

ENTRETIEN AVEC
RENAUD PIARROUX

Renaud Piarroux, chef du service de parasitologie-mycologie à l'hôpital de la Pitié-Salpêtrière, à Paris, a commencé à associer médecine et sciences humaines quand il a enquêté sur l'épidémie de choléra qui a frappé Haïti en 2010. Il applique sa démarche pluridisciplinaire à l'étude du paludisme.

— Certains chercheurs surnomment le paludisme le « serial killer » et estiment qu'il a tué un être humain sur deux depuis les débuts de l'humanité. Est-ce ainsi que vous percevez cette épidémie ?

— Un mort sur deux, c'est un chiffre invérifiable. Il faut le prendre comme une manière de signaler l'importance du problème. Car l'impact de cette maladie est colossal. Dans de nombreuses familles d'Afrique qui vivent entre les tropiques, elle tue aujourd'hui la moitié des enfants. Au total, d'après les statistiques de l'Organisation mondiale de la santé (OMS), le paludisme provoque de 500 000 à 700 000 morts par an. C'est moins que la tuberculose – 1,5 million de victimes en 2021 – et moins que le VIH, mais les chiffres vont remonter. Pour des raisons politiques et géopolitiques, comme toujours avec les épidémies. J'y reviendrai.

— Pourquoi notre regard sur le paludisme est-il biaisé ?

— Le simple fait de présenter le paludisme comme une maladie exclusivement tropicale est un problème. Certes, le protozoaire – le parasite unicellulaire responsable de la pathologie – est apparu en Afrique, et il est passé chez l'homme depuis les grands singes qui y vivaient, via des piqûres d'anophèles, une espèce de moustiques. Autrement dit, le paludisme et l'homme sont nés au même endroit sur Terre. Mais, depuis, la maladie n'a eu de cesse d'accompagner l'être humain dans ses migrations. On ne peut donc pas la réduire à une pathologie *« tropicale »*. D'autant moins que cette interprétation sous-entend que le paludisme serait tellement lié à cet environnement-là, à un écosystème naturel, et qu'il serait impossible d'en contrôler l'expansion.

— Est-ce à dire que l'homme est en partie responsable de la diffusion de la maladie ?

— Le paludisme est étroitement lié à notre gestion de l'environnement. À chaque fois que l'homme décide de modifier la nature, le « palu » prospère. Dans l'Antiquité, en Europe, déjà, les Romains en ont fait la triste expérience, comme en atteste le nombre de pièces funéraires du IIe siècle de notre ère retrouvées lors de fouilles archéologiques :

l'espérance de vie se situait alors autour de 20 ou 30 ans. Le parasite n'était pas seul en cause, mais il a participé à cette hécatombe. Les opérations de déboisement ont tout d'abord facilité les inondations, tandis que la construction de systèmes d'irrigation à grande échelle a offert – quand ils étaient envahis par la végétation et que l'eau y stagnait – des gîtes larvaires efficaces. Même la ville de Rome, avec ses fontaines et ses bassins, représentait un excellent écosystème pour les moustiques. On l'oublie un peu vite, mais le Vieux Continent a été une terre de paludisme pendant plusieurs siècles, avec des pics de mortalité considérables.

— La colonisation de l'Amérique marque-t-elle le point culminant de l'épidémie ?

— Les ravages ont peut-être été supérieurs en Europe... Nous manquons de données pour comparer avec ce qui s'est passé aux Amériques, mais le paludisme était en effet absent sur le continent américain avant l'arrivée des Européens. Les premiers hommes qui ont franchi le détroit de Béring il y a plus de 15000 ans n'ont pas transporté le pathogène avec eux : celui-ci n'aurait pas pu survivre à des températures aussi froides. Donc, à l'époque de Christophe Colomb, les populations d'Amérique se sont retrouvées en contact pour la première fois avec la maladie apportée par les hommes venus d'Europe, puis par les esclaves lorsque fut mis en place le commerce triangulaire. Tout comme la variole ou la fièvre jaune, que les moustiques propagent également, le paludisme a contribué à terriblement dégrader la santé des populations amérindiennes.

— Raison pour laquelle certains chercheurs définissent le paludisme comme une arme de guerre ?

— Le paludisme est surtout déterminant dans l'issue des batailles. Ainsi, en 1802, les troupes napoléoniennes étaient sur le point de reprendre Haïti aux esclaves insurgés, menés par Toussaint Louverture, lorsque la saison des pluies est survenue, propice aux moustiques : les soldats français ont été décimés par la fièvre jaune et, à un moindre degré, par le paludisme. Ils n'ont pas pu reprendre le territoire. Quelques décennies plus tard, pendant la guerre de Sécession aux États-Unis, les sudistes ont freiné l'avancée des armées du Nord, bloquées en été par la multiplication des moustiques et des maladies [ce qui n'empêchera pas les sudistes de perdre la guerre civile, en 1865, ndlr]. Enfin, en raison du paludisme, les puissances coloniales européennes ont longtemps limité leurs incursions à l'Afrique du Nord sur le continent africain. C'est la découverte en 1820 de la quinine, efficace contre la maladie, qui a en partie levé l'obstacle. La maîtrise de ce traitement coïncide avec la colonisation de l'Afrique subsaharienne par les Européens. Enfin, il faut relever que le paludisme a contrarié les plans des Américains pendant la guerre du Pacifique, puis du Viêtnam.

— Par quels moyens la maladie s'est-elle éteinte progressivement à la même époque en Europe ?

— Il aura fallu du temps... Le paludisme était encore très répandu aux XVIIIe et XIXe siècles, favorisé par la présence de nombreuses zones humides. En France, le percement du grand canal de Versailles sous Louis XIV a donné lieu à une épidémie chez les ouvriers, qui étaient au contact des eaux stagnantes, et donc, des anophèles. En 1820, le creusement du canal Saint-Martin à Paris a entraîné l'apparition d'un foyer épidémique de la même manière. Plusieurs régions de France ont longtemps été en proie au paludisme, comme le Poitou, la Camargue, les Landes ou les Dombes, près de Lyon. Les travaux successifs de l'État pour assainir ces zones ont fait refluer la maladie. On a, petit à petit, appris à s'en protéger. Mais il y a eu de terribles rechutes, comme en 1923 en Russie dans le delta de la Volga. Une épidémie de paludisme dans cette zone marécageuse a provoqué six cent mille morts.

— Vous mentionniez l'apparition de la quinine dans les pays riches pour soigner la maladie. On parle aujourd'hui d'un autre médicament, l'artémisinine, tiré de la plante *Artemisa annua*. Est-ce la panacée qui permettra notamment à l'Afrique de s'en sortir ?

— L'artémisinine est très efficace contre la maladie. Elle était présente dans la pharmacopée traditionnelle chinoise jusqu'au XXe siècle mais elle est tombée dans l'oubli jusque dans les années 1970. C'est une scientifique chinoise, Tu Youyou, prix Nobel de médecine en 2015, qui a relancé les recherches, mettant au point un procédé d'extraction à froid, et non plus à chaud, de la substance active. Depuis, l'artémisinine est devenue l'un des principaux médicaments, notamment en Afrique.

— Certaines ONG considèrent cependant que ce remède n'est pas assez employé et dénoncent le poids du lobby pharmaceutique dans la lenteur des campagnes antipaludéennes. Les laboratoires préféreraient imposer un vaccin. Quel est votre avis ?

— Il est vrai que le vaccin contre le paludisme est peu efficace, parce que le pathogène mute et s'adapte continuellement à notre système immunitaire. Il est vrai également que l'OMS a décidé de se lancer dans une politique autour de ce vaccin, bien poussée par les laboratoires Merck, qui ont investi beaucoup d'argent dans l'affaire... Mais le fait que l'artémisinine ne soit pas encore assez employée s'explique autrement. C'est un problème économique. Les gens sont trop pauvres et les centres de santé, pas assez accessibles.

— Comment lutter contre le paludisme alors ?

— Il faut commencer par prendre en charge le diagnostic et le suivi de la maladie, apporter une aide financière pour les médicaments et pour le transport des populations jusqu'aux centres de soin. Il faut aussi réfléchir à l'aménagement de l'espace, tendre notamment vers une agriculture qui éloigne l'habitat humain des marécages et positionne le bétail entre l'homme et le moustique. Ainsi, avec une agriculture qui intègre le bétail, la « sélection naturelle » va favoriser l'implantation de moustiques qui préfèrent se nourrir du sang des vaches et d'autres animaux d'élevage. Par ailleurs, il importe de mieux protéger les logements, par exemple avec des moustiquaires. Mais les habitats ruraux sont souvent les moins bien pourvus en la matière, là encore pour des raisons économiques. Voilà pourquoi le paludisme n'est pas qu'une *« maladie tropicale »* : il résulte aussi de la pauvreté. Pourquoi trouve-t-on autant de zones endémiques en Afrique alors que la Floride, située dans un écosystème chaud et humide elle aussi, a enrayé ce fléau ?

— Est-ce à dire que les pays occidentaux sont désormais à l'abri de ce parasite ?

— Pas totalement. Des médecins ont signalé une reprise en Grèce en 2008. C'était l'année de la grande récession et ce n'est pas un hasard. Mais je ne suis pas capable de prédire si le paludisme reviendra en France métropolitaine ou non. C'est de la science-fiction. Il faudrait un effondrement économique et politique généralisé, dans lequel nous verrions la résurgence d'autres maladies, pour pouvoir imaginer une telle situation. La seule chose que je sais, c'est qu'une baisse du niveau de vie provoque une remontée du paludisme.

— Et nous sommes en pleine crise économique mondiale depuis la pandémie de Covid-19...

— C'est pourquoi le nombre de morts va de nouveau connaître une hausse en 2023 et sans doute au-delà dans le futur. Par ailleurs, il faut noter que l'OMS a dû consacrer beaucoup de temps et de ressources à d'autres problèmes de santé, au Covid justement. Le paludisme, maladie qui touche quasi exclusivement l'Afrique et l'Asie du Sud-Est, retombe en partie dans l'oubli.

BIBLIO

Frédéric Darriet, **Des moustiques et des hommes, Chronique d'une pullulation annoncée**, Institut de recherche pour le développement éditions, 2014

—

François Lasserre, **Sauvons les insectes ! Les 10 Actions pour (ré)agir !**, Rustica éditions, 2020

—

Erik Orsenna, Isabelle de Saint-Aubin, **Géopolitique du moustique, Petit Précis de mondialisation IV**, éd. Fayard, 2017

—

Randall M. Packard, **The Making of a Tropical Disease: A Short History of Malaria,** Johns Hopkins University Press, 2008

—

Eugène Seguy, **Histoire naturelle des moustiques de France, Étude systématique et biologique des moustiques de l'Europe centrale et septentrionale et de leurs parasites,** éd. Paul Lechevalier, 1923

—

Renaud Piarroux, **Mécanique des épidémies**, podcast, France Culture, 4 x 15 min, 2022

DANS LA MÊME COLLECTION :

À la base, c'était lui le gentil
de Ramsès Kefi

La part du chien
d'Aurélie Champagne

C'est pas la mort
de Patrice van Eersel

À PARAÎTRE :

À la terre **(titre provisoire)**
de Marin Fouqué

Directrice de collection : Elsa Fayner
Directeur artistique : Christophe Alexandre
Édition : Arthur Frayer-Laleix
Relecture : Sarah Ahnou
Dessin de couverture : Stéphane Trapier

Imprimé en France par Dupliprint Mayenne
53 100 Mayenne
ISBN : 978-2-35638-177-4